卡尔美拉

〔意〕埃迪蒙托·德·亚米契斯 著 / 吕同六 译

云南出版集团
云南美术出版社

果麦文化 出品

卡尔美拉

Carmela

在那里,
我第一次见到了你,
你重新给了我生命!

一

我准备叙述的故事,发生在距离西西里约莫七十海里的一座小岛。

当这个故事发生的时候,在这个孤岛上,仅仅有一个小市镇,居民还不到两千人,其中包括三四百名流放的犯人。为了这些人的缘故,岛上驻扎了由一名中尉率领的一支小分队,四十来名士兵,他们每三个月换防一次。士兵们在岛上的生活极其惬意舒适,除了警卫军营和监狱,偶尔需要执行巡逻任务和操练一番以外,实在清闲得很。而这里的酒却是那么醇美诱人,一瓶才不过四个索尔多[1]。更

---

[1] 意大利旧货币,一个索尔多为一枚硬币。

不用说那中尉，他享受着最充分的自由，悠闲逍遥，难怪他踌躇满志地说："我是全岛武装力量的总司令。"

司令部设在市镇广场，两名宪兵在司令部当差，任军官驱遣。市中心一座漂亮的公寓，供他免费居住。上午，他上山打猎消磨时光；午饭以后，他跟当地的那些要人在书房里聚会；傍晚，他驾一叶扁舟，在海上遨游。他吸的烟是两百铜圆一支的高级雪茄；他的穿着完全凭他的爱好，无所顾忌。总之，他生活美好，称心如意，仿佛每天都是喜庆节日似的。唯一的美中不足，是他觉得这等幸福的生活顶多只能持续三个月。

市镇坐落在海边，有一个小小的港口，每隔十五天，行驶于突尼斯和特拉帕尼[1]之间的邮轮在港口停泊，间或也有别的轮船停靠。大概是过往船只罕见的缘故，因此每当它们驶进港口的时候，小镇钟楼的大钟就喧喧地敲响了，居民们纷纷涌向海边，仿佛是去观看节日的戏剧演出。

---

1 意大利西西里西部的海港城市。

小镇的外表很是简单朴素，但惹人喜爱。特别是它的中心广场，像所有乡村的广场一样，对于习惯城市生活的人来说，其实不过是一个庭院。一条笔直、狭窄、长不过一箭之遥的大街，把广场跟海滨联结起来。所有的商店、公共机关都集中在广场上。当时，镇上共有两家，或者说至少有两家咖啡馆：一家是镇长和其他官员、绅士光顾的场所，另外一家的顾客是平民百姓。中尉下榻的那座公寓，坐落在广场的近旁，面向大海。从海滨到小镇中心，地势明显地逐渐升高，因此，从他的房间的两扇窗子极目远眺，可以清晰地瞧见港口、大海、长长的一段海滩和遥远的西西里岛上碧森森的山峦。

岛上的其他地方都是火山，以及一望无际茂密的橡胶树林。

三年以前，一个明丽的四月里的早晨，开往突尼斯的一艘邮轮驶进了这个小镇的港口。它刚一出现，钟声就喧喧不停地敲响起来，岛上的人都一窝蜂朝码头奔去，其中有分队的士兵、军官、镇长、法官、教区神甫、警察局长、税务局长、港务局长、宪兵队长,以及在小分队服役、替犯人看病的年轻的大夫。两只驳船驶近邮轮,把三十二名士兵和一名军官接到岸上。军官年纪很轻,神情洒脱,白皙的脸庞,金色的头发,温雅和平。他跟前来迎接的军官紧紧地握手,彬彬有礼地回答官员们热情的欢迎。然后,走在他的士兵队列的前头,在两旁好奇的人群的注视下,进入市镇。

把士兵们安置完毕,他立即返回广场,一群官员正在那里等候他。镇长显得异常热情、亲昵,而又略微带点庄重的神气,半严肃半快活地逐一向他介绍欢迎者。客套的仪式结束以后,官员们各自散去,军官独自留下,由他的前任陪同,去他下榻的寓所。即将离开的军官开始收拾自己的行装,新到的军官想尽快安置下来,也帮助他检点。一个小时以后,一切全安排好了。

当天晚上八点钟左右,原先的那支驻防部队,由刚到的分队陪送到港口,离开了小岛。年轻的军官跟他的前任告别以后,立即返回寓所。长途旅行的疲劳,整整一天的奔波忙碌,累得他眼皮发沉,懒懒地睁不开来,他赶紧上床躺下。不多一会儿工夫,他便进入了甜蜜的梦乡。

二

　　第二天早晨，太阳刚刚升起，军官走出了寓所。在广场上还没有走上十来步路，他忽然觉得他的军服下摆被人轻轻地拉扯了一下。他倏地转过身来，只见距离他两步远的地方，一个身材苗条、仪容娟秀美丽的姑娘，衣着破烂，头发凌乱，像一个立正的士兵似的，笔直地、一动不动地站着，向他敬礼。她的一双大眼睛泛出明亮的光彩，漆黑的瞳仁凝视着他的脸孔，向他嫣然微笑。

　　"你有什么事吗？"军官以惊愕而好奇的神色打量她，问道。

　　姑娘并不答话，只是痴痴地瞧着他，继续把手举在前额，保持行军礼的姿势。

军官只得耸耸肩膀，继续朝前走去。才走得十来步路，忽然觉得他的军服又被轻轻地拉扯了一下，他于是再次转过身来。姑娘仍然像立正的士兵笔直地站着。他环视了一下周围，瞧见附近有人在观看这有趣的场面，发出哧哧的笑声。

"你要干吗？"他又一次问道。

姑娘伸出手来，用食指指着军官，笑吟吟地说：

"我要你。"

"她大概有点儿怪毛病。"军官暗自思忖。于是从衣兜里掏出几枚索尔多，伸手递给她，准备转身离开。可是，那姑娘却抬起一只手臂，弯在胸前，仿佛想用胳膊阻挡向她递过钱来的手掌，又大声重复一遍：

"我要你。"

她开始使劲地跺脚，用双手乱揪自己的头发，涕泣呜咽起来，发出喑哑、单调的声音，像佯装哭泣的小孩似的。围观的人群哄然大笑。军官瞧瞧人群，又端详一番姑娘，然后又瞧瞧人群，终于又迈步继续朝前走。

他几乎自由地穿过了整个广场,可是,当他刚走到通向港口的那条大街的时候,突然听到身后传来急促而轻微的脚步声,一个带着某种奇怪音调的柔和的声音,在他的耳边款款地说:

"我的宝贝!"

他蓦地打了个寒噤,一阵战栗掠过他的全身。他不敢回转身子,赶忙加快了脚步,急急朝前走去。那甜蜜的声音又叫了一遍:

"我的宝贝!"

"够了!"他终于遏制不住愤怒,猛然转过身来,大声对姑娘喝道,"别再纠缠我了。去干自己的事儿。明白了吗?"

姑娘显露出受到委屈的痛苦神色,随后又微笑着向前移动一步,伸出手来,仿佛要亲昵地抚摸那急速闪过身子的军官,轻声地说:

"别生气,亲爱的中尉。"

"走开,我命令你。"

"……你是我的宝贝。"

"走开,要不,我把士兵叫来,把你关到监牢里去。"他指着站在街角的几个士兵说。

姑娘踩着缓慢的步子走开了,可是一双眼睛依然痴痴地斜睨着军官,嘴唇不断地翕动,发出微弱的喃喃自语:

"我的宝贝!"

"真可惜!"中尉走在通往港口的大街上,自言自语地说,"挺可爱的一个姑娘。"

姑娘确实美丽可爱。她是西西里女子特有的大胆、热情的美的代表。她们蕴含的爱,与其说能启开人的情窦,毋宁说能对人具有一种强制的力量,往往只消她们那满含深情的、凝视的眼神的一瞥,仿佛就足以洞穿人的心灵深处的奥秘,使对方的全部勇气冰消瓦解。这姑娘的眼睛和头发乌溜溜的,前额宽阔,显出沉思的神态;眼睫毛和嘴唇不时急促地颤动,洋溢出生气和活力。她的声音约略显得倦乏、沙哑,甜蜜的笑容混合着些微痉挛。每次微笑以后,她的嘴唇和眼睛都要继续呆呆地张开一会儿。

三

"为什么不把她关起来呢?"那天晚上,军官跟大夫在那家高级咖啡馆聚会,向他叙述了早晨遇到的怪事,然后问道。

"您想把她关到什么地方去呢?"大夫回答,"市镇政府曾经提供经费,把她送到西西里一家医院,治疗了一年多;后来,眼看这不过是白白花费时间和钞票,就又把她接了回来。那里的大夫断言,要治好她的病几乎没有希望,或者说希望甚微。在这里,她至少还可以像空气一样逍遥自在。人们都情愿宽恕她,可怜的姑娘,让她自由行动,因为除了军人以外,她并不惹人厌恶。"

军官很惊奇,忙问这姑娘何以偏偏只找军人的麻烦。

"唉，您晓得，要讲清楚这段历史也颇有点难处。众说纷纭，莫衷一是，特别是老百姓，他们不满足于单纯的事实，总喜欢添上一点自己的想象。不过，比较真实可信而又得到本地某些官员证实的情形是这样：

"三年以前，像您一样担任驻岛部队的军官，是个极其风流俊俏的青年，他弹得一手好吉他，唱歌犹如天使一般优美。军官对这个女孩子产生了爱慕之情，当时，甚至可以说时至今日，她都是岛上最美丽动人的姑娘……"

"确实美丽动人。"军官脱口插了一句。

"或许多少由于军官的优美歌喉的魅力——这里的人喜爱唱歌和音乐，简直像是着了魔；或许多少由于他担任全岛武装力量总司令的权威职务的影响；而最主要的原因在于，军官是一位英俊潇洒的青年，这个姑娘，出于人之常情，也爱上了他。想必您也可以理解，这一对情人的相恋，是怎样的一种爱情啊！跟他们炽热的爱情比较，火山的熔岩简直也相形见绌，其间还交织着嫉妒、冲动、狂热和悲剧。

"姑娘的家里只留下母亲,一个可怜的女人,她无意多管闲事,完全听任女儿自行其是。因此,您不难想象,她享有何等充分的自由——小镇的人不断窃窃私语。自然,姑娘的举止引起了人们的猜疑,这是很容易理解的。不过,事实证明了这些怀疑是站不住脚的,何况,所有的人现在都确信和异口同声地说,姑娘和军官之间不曾发生任何见不得人的事情。说实在的,这很奇怪,甚至有点令人难以置信,因为曾经传说他们有整整半天时间单独厮混在一起。不过,应当考虑到这个地方的特点,姑娘们热情得像一团火,奔放不羁,整天跟恋人们待在一起。表面上看,她们压根儿不晓得什么是谨慎、端庄,实际情形却正好相反,她们像贞女一样坚强刚毅,绝不轻易委身相从。

"算了,不必再扯远了。事情的真相是这样,军官曾经向姑娘许诺要娶她为妻,她自然对这个诺言深信不疑,禁不住心花怒放,不知不觉飘飘然起来。您晓得,确实是这样。据说有好些日子,人们确实很担心她因为头脑发热而惹下乱子。有谁能够预料,具有这种气质的女子,她的爱情之火究竟会燃烧到什么程度呢?有时,她出于一种莫名其妙的原因,对另一个姑娘产生了嫉妒之心,假使你不曾小心地避开这个姑娘,她就会找上门去拼命,或者给人家一番颜色看看。就在这家咖啡馆的对面,我曾经瞧见她,当着许多人的面,着实大闹了一场。这不是唯一的例子。假使别的女子从她心爱的军官的公寓面前经过,朝窗子张望了一下,或者,在路上遇见军官的时候,转过身子来朝他看了一眼。她一定会跳将起来,扬言要做出些不明智的事情来。

"终于,部队换防的一天来到了。军官信誓旦旦地保证,过三两个月就回来接她。姑娘也信以为真。军官离开了小岛,从此,一去不复返,杳无音讯。可怜的姑娘病倒了。或许,随着余下的一线希望的逐渐消失,她后来也慢慢地恢复了健康,强让自己忘记过去的一切。不料,正当她的病即将彻底治愈的时候,不晓得她怎么得知了她的恋人结婚的消息。这真是突如其来而又致命的一击。于是,她发疯了。这就是事情的始末。"

"那么后来呢?"

"后来,正像我对您说的,她被送到西西里的一家医院;最后又回到这个小岛,到现在已一年多了。"

这时,一个士兵出现在咖啡馆门口,招呼大夫。

"其余的事容我以后再跟您细谈,再见。"大夫说完,便起身离开咖啡馆。

军官站起来跟大夫告别,腰间悬挂的佩剑猛地碰击了桌子。过了片刻工夫,只听得从广场传来一个声音:

"我听见了,我听见了!他在里面呢!"

几乎是同时,失去理智的姑娘在咖啡馆门槛上出现了。

"把她撵走!"军官仿佛受到弹簧的推动,霍地从椅子上蹦起来,大声命令。

姑娘被赶出了咖啡馆。

"我上公寓去等他!"逐渐远去的声音清晰地传来,"我上公寓去等他,我亲爱的军官!"

四

卡尔美拉和妈妈住的一间茅屋,在小镇的尽头,邻近有两三家农户。妈妈靠着缝缝补补的活儿,勉强维持生计。女儿最初发疯的时候,家里还不时获得小镇一些富裕人家的周济;如今,这种布施已经断绝许久了。那些施主终于明白,他们的援助确实没有产生什么应有的效果,因为卡尔美拉整天在外游荡,连吃饭、睡觉都不愿意待在家里,也没有法子叫她把穿上了的新衣服哪怕完整地保持一个星期。不用说,母亲是多么悲酸凄苦,她曾经顽强不屈地努力,希望女儿的病情每天都能有点好转;可是,这一切都是竹篮打水一场空。有时,在母亲的一再恳求下,可怜的女儿温顺地让母亲给她穿上一件新衣服,但一眨眼的工夫，忽然发起性子，把衣服撕破、扯碎，一件好端端的衣服糟蹋成了破布条。也有的时候，妈妈刚刚把她的头发梳理得整整齐齐，光滑乌亮，她却把两只手叉到头发里去，顷刻之间把美丽的秀发弄成乱糟糟的一团，成为披头散发的疯子。

白天，卡尔美拉大部分时间在荒芜的悬崖峻岭间流浪，独自用手势比画着，喃喃地自言自语，放声地狂笑。从那里经过的宪兵，常常远远地见到她全神贯注地用碎石垒起一座座小塔，或者毫不动弹地坐在峭拔的礁石上，呆呆地眺望大海，或者仰面躺在地上，昏昏入睡。假使她发现这些宪兵，不管他们怎样向她打招呼，她全不理会，既不说一句话，不做一个动作，也没有一丝笑容，只把目光定定停留在他们的身上，直到他们的踪影远远地消失。

事情还不止于此。有时，当宪兵们走得很远的时候，她忽然抬起双手，做出举枪瞄准、向他们射击的样子，而且总带着很严肃的表情。她对驻守小岛的士兵们也是这样，从来不曾有人见到她在士兵的队伍前面停留下来，跟他们谈话，向他们微笑。她从士兵的队伍前面经过，或者夹在他们的队伍里行走，丝毫不理睬士兵们寻她开心的戏语，也不扭头来朝他们瞧瞧。没有一个人胆敢触动她，哪怕是碰她的手指头或者拉扯一下她的衣服，因为据说她曾经给如此胆大妄为的人重重地赏了几记耳光，在他的脸颊上留下了五个指印。

卡尔美拉不管在哪里，只要一听到军鼓声，立即闻声跑去。士兵们从小镇开到海边去演习，她一路紧紧尾随。几名中士喊着口令，指挥操练，中尉站在不远的地方监督。她悄悄地站在一边，极其严肃地模仿士兵们的动作，还用一根捡来的棍子当步枪，做出扛枪、射击的种种姿势，并且低声地重复中士喊的口令。随后，她突然扔掉棍子，走到中尉身边打转儿，痴痴地打量他，满含深情地对他微笑，用最温柔的称呼，轻声细气地喊他，还用手掌遮掩嘴唇，不让士兵们听见。

当她留在镇里的时候，她几乎总是到广场去，站在军官寓所的大门前，做出各种各样滑稽可笑的动作，逗得围聚在她身边的孩子们哈哈大笑。她忽而把一顶纸糊的圆柱形的宽边高帽子,歪斜地戴在自己的头上,手里拄一根粗木棍,用浓重的鼻音嘟嘟囔囔地说话,扮演镇长走路的怪样子。忽而,她把几片长长的纸条披挂在头发上,目光低垂,嘴唇抿得紧紧的,一只手在胸前晃来晃去,仿佛摇扇子似的,轻柔地扭动腰肢,模仿镇里几户有钱人家的夫人节日里上教堂去的姿态。也有的时候,她在兵营外面捡到一顶被士兵扔掉的破军帽,戴在头上,把头发统统塞进帽子里,帽檐压得低低的,一直遮到眉梢,然后伸出细嫩的胳膊,叉在腰间,嘴里哼着军鼓的声音,像一个刚入伍的循规蹈矩的士兵,跨着缓慢、有节奏的步伐,板着脸孔,神色极其严肃地围绕广场转溜两三圈儿。

不过,时至今日,无论卡尔美拉做什么,或者说什么,人们已经不再感兴趣了。孩子们,特别是那调皮捣蛋的小鬼,是她的仅有的忠实观众,但是母亲们都让他们站得远远的。因为卡尔美拉有一天突然一反常态,不晓得受到什么古怪念头的驱使,冷不防地拽住一个约莫八岁的小家伙，她的观众中最漂亮的一个小男孩，发狂似的不断亲吻他的脸颊、脖子，以致小男孩认为卡尔美拉要把他掐死，大声惊呼和号啕大哭起来。

偶尔，卡尔美拉也上教堂去，像其他信徒一样虔诚地下跪，双手合十，喃喃地不晓得念叨什么词句。不过片刻工夫，她便嬉笑盈盈，恢复了疯疯癫癫的样子，做出一些古里古怪的、不敬神明的动作。于是教堂的圣器看管人不得不上前攥住她的胳膊，硬是把她推出教堂去。

她曾经有一副甜润的歌喉，在丧失理智之前，她的歌声委实清丽动人。自从遭遇那不幸之后，她便只会含糊不清地、翻来覆去地哼哼小曲。她喜欢倚在她的茅屋的门槛上，或者在中尉公寓的楼梯口席地而坐，胡乱地吃些无花果，这或许是她唯一的营养品。

愁闷有时也侵扰卡尔美拉。于是，她收敛起笑容，沉默寡言，对任何人都板起面孔，甚至连那些小孩儿也不理睬。她像狗儿一般地蹲在家门口，把脑袋埋进衣服，或者用头巾把脸蒙上，任凭周围有什么声音轰响，也不管任何人甚至她的妈妈不断地叫唤她的名字,她都纹丝不动,毫无反应。不过,这种情况极其罕见,卡尔美拉几乎任何时候都是非常快活的。

正如我前面叙述的,她并不把士兵们放在心上,甚至不正眼瞧他们一下;她的全部温情都倾注在军官们身上。自然,她也绝非对所有的军官都一样地温情脉脉。自她从医院回来以后,驻守岛上的小分队已经调换了六批到八批,带队军官的年纪、相貌、气质互有差异,各不相同。可以看得出来,卡尔美拉对那些比较年轻的军官,怀有更深的感情。诚然,她把这些军官统统称作她的"宝贝"和她的"爱人",其实她都有极其明白的比较,晓得区别对待品貌堂堂的同长相丑陋的军官。

一个较早地来到岛上的中尉,约莫四十来岁,长着一个大鼻子,一双凶神恶煞似的眼睛,挺着圆溜溜的大肚子,说话的声音仿佛打雷,此人就从来不曾得到卡尔美拉的青睐。他们第一次遇见的时候,卡尔美拉曾经对他说了几句温柔的话,不料,这个军官大为恼火,用很难堪的话回答她,还挥手做了个威胁的动作,让她明白,最好就此罢休,不再打扰他。她果然不再纠缠,不过,每当在街上遇见他的时候,仍然尾随不舍;晚上,倚坐在他公寓的楼梯口,默默地度过许多小时。卡尔美拉进进出出军官的公寓,一句话也不对他说,但又痴呆地坐在那里不愿走开。这个军官离开小岛之后,又来过另外两三个相貌、性格、作风都跟他相近的军官,卡尔美拉都是如此对待他们的。

自然,也有仪表轩昂,温文尔雅而极其年轻的军官来到岛上。对于这些军官,不妨说卡尔美拉简直是要发疯了,假使她原来不是疯子的话。他们当中有人曾经异想天开地想治好她的疯病,因此佯装迷恋于她,真心地爱她;然而,他们考虑事情过于轻率,两三天以后便厌恶了这样的游戏,终于洗手不干了。

还有个别的较少慈悲心肠、但更富有现实精神的军官,曾经暗暗自问:"难道一个漂亮的姑娘,必须有清醒的头脑吗?"他认为大可不必,因而努力想说服卡尔美拉,对于爱情来说,理智不过是多余之物。但说来奇怪到极点，他遇到了意想不到的顽强的抵抗。她并不清清楚楚地说出个"不"字，因为她或许并没有明确意识到，别人在她身上打的是什么主意。不过，几乎出于一种本能，她断然摆脱掉任何一个……（谁能提示我一个恰如其分的形容词呢？）看来是无法抵御的强力的行为和动作。她慢慢地把手和胳膊解脱出来，用肘弯在胸前交叉叠起，全身蜷缩，吃吃地发出一种奇怪的笑声，仿佛那些晓得有人拿自己寻开心，但又不很明白是什么恶作剧的孩子，常常用笑声来表示自己已经晓得对方的意思，表示自己心中想说的话。大凡在这种时候，卡尔美拉的脸蛋洋溢出激奋的生气，那双大眼睛灼灼闪烁，完全不像一个疯姑娘，显得异常娇媚可爱。她的谨慎节制的态度，那种顽强执拗的神情，赋予她的举止以一种特别的雍容大方和端庄温雅，极其鲜明地衬托出她那令人倾倒的温柔俏丽的丰姿。

简单地说，曾经在她身上打主意的几个军官，最终都恍然彻悟，那不过是枉费心机。许多人告诉我，这几个官军当中的一个，有一天向大夫诉说他的徒劳无益的尝试，禁不住叹息道："真是活见鬼！聪明伶俐，又有一副柔爱心肠的女人，我不晓得见过多少了；可是像这个女人，她的全部美德都化在血液里了，是的，都化在血液里了，坦白地对您说，我有生以来还从不曾遇见过。"

另外一些人告诉我，卡尔美拉把每一个她喜欢的军官，都当作她心爱的人，就是那个曾经爱她，尔后又抛弃了她的青年军官。事情其实并不是这样，因为果真是那样的话，她有时自然免不了会唠叨她的遭遇，事实上她却从来不曾流露出片言只语。人们时常向卡尔美拉打听或者谈起这件事，可她总是表露出迷惑不解或者痴呆发愣的回忆不起任何事情的神情。她静静地、屏息凝神地听着别人对她的谈话，接着淡淡地一笑。每当驻守小岛的队伍离开的时候，卡尔美拉总是伴送他们到港口。轮船渐渐地驶远了，她举起手帕，高高地挥舞，但并不哭泣，也从不显示出任何痛苦的表情。很快，她又向新来的军官显示她的脉脉温情。不过看得出来，对新近到任的这位军官，卡尔美拉表现出来的深情，是对所有其他军官的态度所不能比拟的。

五

不多一会儿工夫,大夫回到咖啡馆,向军官一五一十地叙述方才我们讲的整个故事。军官听罢,站起身来告辞,又一次感叹地说:

"真可惜,她确实是一个美丽动人的姑娘!"

"我觉得,她颇有一种孤高任性的品格和玉洁冰清的气质!"大夫补充说。

大夫走出了咖啡馆。夜已经很深了。广场上静悄悄的,阒无一人。军官居住的公寓正好在咖啡馆的对面。他几乎是怀着郁悒的心境,慢悠悠地朝着公寓走去。

"她或许在那边等我吧。"他暗自思忖,一面把眼睛眯缝得细细的,伸长颈脖,把头扭向左边,又扭向右边,想瞧个分明，公寓大门口有没有人。可这是徒然的。黑沉沉的夜幕笼罩着广场，伸手不见五指。他愈来愈放慢了脚步，不时地停下来，警觉地环视周围，接着又蹒跚而行……他忽然又独自寻思："假使我清楚地知道，前面有一个歹徒手握匕首，企图暗算我，我想我的步子反倒会比现在迈得更坚定、轻快。"于是，他果断地朝前走了十来步。

"啊，她在那儿！"军官蓦地发现了卡尔美拉。

卡尔美拉坐在军官公寓大门外面的一级石阶上，但是在黑暗中，军官无法瞧清楚她的脸。

"你在这儿干吗？"军官走上前去，问道。

卡尔美拉并不马上回答，却站起身来，走到军官跟前，面对面地站定，把两只手搭到他的肩上，用极其温柔的声音和某种让人觉得她是以世界上最清醒的理智在谈话的语调，对他说：

"我在等你……我在这儿睡了一会儿。"

"你为什么要等我呢？"军官问道，一面从肩膀上把她的两只手拿下来。可是，那两只手随即又搂住了他的胳膊。

"因为我想跟你在一起。"她回答说。

"多好听的声音!"军官默默思量,"确实,谁听到都会认为她像是一个头脑清醒的人在谈话。"

军官从军装兜里掏出火柴盒,点亮一根火柴,把它凑近卡尔美拉的脸颊,想好好地瞧一瞧她的眼睛。整整一天在街头流浪带来的疲倦,尤其是她刚刚摆脱的短暂的梦,使她的脸庞多少失去了平素常有的过度放纵和痉挛般的活跃表情,却增添了一种慵困而哀愁的淡淡的美。此时,她确实显得那样地娇媚可爱,完全不像一个疯子。

"啊,我的亲爱的,亲爱的!"卡尔美拉瞧见被火柴光照亮的中尉的脸,立即激动地呼喊起来,抬起一只手,用大拇指和食指来抚摸他的下颏。军官攫住她的手腕,她却伸出另一只手,反提着军官攫住她的手腕的那只胳膊,把嘴唇紧紧贴到他的手背上,吻他的手,突然用力咬了一口。军官猛地使劲,摆脱了她,急忙奔进公寓,关上了大门。

"我的宝贝!"卡尔美拉又叫了一声。接着,默默地重新坐在台阶上,胳膊肘交叉地支在膝盖上,低垂的脑袋歪倒在一边。过了片刻工夫,她便睡着了。

军官回到房间里,点亮了灯,赶忙察看他的右手背,上面八个细小的牙齿印儿清晰可见,那狂热的嘴唇在周围遗留下湿漉漉的一圈,闪闪发亮。

"这是一种什么样的爱情!"军官大声地自言自语。他点燃了一支雪茄,在屋子里踱来踱去,考虑给他的那支小分队制定作息时间。"明天再想吧。"他无法压抑脑子里泛起的其他思绪,突然对自己说。他坐下来,打开一本书,翻阅了几页,又信手扔下,在屋子里踱起步来。后来,他重新坐下来看书;末了,他终于决定上床睡觉。他几乎已经脱掉了外衣,脑子里蓦地闪现出一个念头。他原地站住,思索了片刻工夫,便奔向窗口,伸手去打开窗子……忽然,他又把手抽回来,耸了耸肩膀,上床睡觉去了。

第二天清晨,像往常那样,勤务兵踮着脚尖走进房间,却惊奇地发现军官已经醒来了,而他平时的习惯是需要人叫醒他的。士兵笑嘻嘻地对他说:

"下边,那个疯姑娘在门口……"

"她在干什么?"

"没什么,她只是说,她在等中尉先生。"

军官露出不自然的苦笑,接着打量着正在刷衣服的勤务兵,自言自语地说:"看来话里有话啊!"士兵替他穿好衣服,军官吩咐说:

"你瞧一下,她可还在那儿。"

勤务兵打开窗子,朝下面张望了一下,回答道:

"是的,还在那儿等着。"

"在干什么?"

"玩石子儿呢。"

"她朝上面瞧吗?"

"不。"

"是正好站在大门口,还是站在大门旁边?"

"站在大门旁边。"

"这样我就容易摆脱她了。"

军官走下楼去。可是,腰间佩带的剑发出的叮叮当当的声音把他暴露了。

"早上好!早上好!"卡尔美拉登上楼梯,迎面走来,向他打招呼。

当她走到军官跟前的时候,突然双膝跪了下来,掏出一块手绢,另一只手握住军官一只脚的踝关节,动作利索地替他擦拭起皮靴上的尘土来,嘴里发出喃喃的轻声细语:

"等一等,等一等……再稍等一会儿,耐心点儿,亲爱的;再稍等一会儿,好了,现在一切都好了。……"

"卡尔美拉!"军官急不可耐地大喊一声,猛地一蹬腿,从她的娇嫩的手心里抽出了那只脚,神色异常激动而又惶惶悚悚,几乎是以奔跑的速度摆脱了她。

六

仅仅一个月的时间,大夫和中尉便结为推心置腹的契友。他们的秉性和年龄如此相近,尤其是在这样一个小岛上,具有他们这种气质的年轻人简直可以说是凤毛麟角,加上朝夕相处,在短短的时间里便相互取得了深切的了解,如对故人,彼此和睦相亲。

可是到了第二个月,他们当中的一个,青年军官,突然用颇为奇特的方式改变了自己的生活习惯。起先,他让朋友从那不勒斯邮寄来好几卷厚厚的书籍,接连两个星期,每天晚上,他把一切事情抛诸脑后,只是全神贯注地阅读,做笔记,并且跟大夫进行长时间的、深奥难解的讨论。他几乎总是用这样的话来结束讨论:

"够了，我认为，对于这样的病例，医学专家们是几乎或者完全无能为力的。"

"等着瞧吧，看你能有多大作为。"大夫回答说。

他们用这些话互相道别，以便第二天开始一场新的辩论。

一天，军官去登门拜访镇长，提出了一些求教的问题，接着又把镇上唯一的裁缝请来。他又到小镇上独一无二的帽店和仅有的一家服饰用品商店去了一趟。四天以后，他穿了一身俄罗斯呢绒制的军装，头戴一顶大草帽，系了一条天蓝色的领带，到海滩散步。

当天晚上，大夫遇见了他，问道：

"事情顺利吗？"

"一无所获。"

"没有一丁点儿迹象？"

"丝毫没有。"

"不打紧的，要有恒心。"

"请放心吧。"军官果断地回答。

小镇的税务局长曾经当过多年的歌手,擅长拨弄各种乐器。一天,军官特意去找他,直截了当地对他说:

"请您帮我做一件事,教会我弹吉他吧。"

从此,中尉拜税务局长为师,每天清晨和晚上学习弹奏吉他。他以令人惊叹的聪明和速度掌握了这门艺术,用不了多久时间,当税务局长歌唱的时候,他已经能够用吉他伴奏了。

"您肯定也有一副好嗓子。"一天,吉他老师对他说。

确实,军官有一副甜润的嗓子。于是他又开始练习歌唱。不久,他便能够随着吉他的伴奏,唱起许多西西里民歌。他的歌声柔和沉静,婉转悦耳,叫人听来心旷神怡。

"从前这里住过另外一位军官,他也弹得一手好吉他。"有一次税务局长对军官说。"有一首抒情曲,"一天,税务局长又补充说,"那位军官总是唱它……啊,他唱得美极了……您知道,是他自己作的曲子。请等一等,这首抒情曲是这样唱的:

'卡尔美拉,我默默无言

坐在你的身旁,

注视你秋水盈盈的双眼,

亲吻你美丽的脸庞,

啊,岁月流水般消逝。

告别的时刻来临了,

我把苍白的脸孔

藏进你的怀抱,

像一个安然入睡的儿童,

静静地告别我的一生。'"

"请您再唱一遍。"军官请求道。

税务局长又把这首抒情曲重新唱了一遍,然后对军官说:

"请您唱给我听听吧。"

于是,军官唱出了一曲优美动人的情歌。

过了几天,军官跟在他的公寓旁边开了一爿卷烟店的

老板作了长时间的交谈以后,去拜访宪兵队长,对他说:

"队长先生,听说您是一位出色的击剑手。"

"我?噢,善良的上帝,已经整整两年我的手没有摸过那把佩剑了。"

"空闲的时候,您有兴致跟我比试几招吗?"

"乐意奉陪。"

"那我们约定一个时间吧。"

他们约定了时间。从此,每天清晨,所有经过广场的行人都能听到从中尉的公寓里传出来军剑碰击的叮当乱响,脚步的急速移动和人声喧嚷、喘气的嘈杂声音。这是军官和宪兵队长在练习击剑。

"这个试验你就免了吧。"一天,大夫对军官说道,"她可有什么反应?"

"丝毫没有。不过,这种试验很有好处。这里的人告诉我,他以前每天早晨跟宪兵队长击剑,就是在这个时间,她不喜欢看这样的场面,所以总是离开公寓到广场去……"

"噢，是的，"大夫打断他的话说，"还需要办另外一件事，我的亲爱的，另外一件事！"

七

军官率领的小分队驻守小岛已经快两个月了。一天夜里,军官跟大夫面对面地坐在他房间里的书桌前,军官随意拿起一支笔,用笔尖缓缓地拨动面前点燃的那支蜡烛的烛芯,对大夫说道:

"你说,这件事该怎么收场?我已经快要成为疯子了,或许当真会落到这样的结局。你晓得,现在连我自己都觉得害臊,有的时候我似乎觉得,所有的人都在背地里耻笑我。"

"耻笑什么呢?"大夫问道。

"耻笑什么呢?"军官机械地重复一遍,脑子里思考他的回答,"他们在耻笑我的……热忱,我对那不幸姑娘的同情,还耻笑我做的种种徒劳无益的试验。"

"热忱!同情!要知道,这些品德是不应当受到嘲笑的。"大夫的炯炯目光逼视着军官,然后问道:"对我说老实话:你是不是已经堕入情网,爱上了卡尔美拉?"

"我?"军官激动得喊起来,话刚说完却又呆呆地坐在那里发怔,一阵燥热烘烧着他的脸,两颊直到耳梢涨得绯红。

"你,"大夫接着说,"最好对我说老实话,你应当跟我开诚布公。我难道不是你在这个小岛上唯一的知心朋友吗?"

"是的,你是我唯一的知心朋友。不过,正因为我愿意跟你赤诚相见,所以我不应对你无中生有地瞎说。"军官回答道。

他沉默了半晌,尔后,以急迫迸泻的情绪侃侃而谈。他时而脸色亢奋苍白,时而脸上闪出火一样炽热的红光,神情惶悚而谦卑,嗫嗫嚅嚅地说话,显得有点语无伦次,仿佛一个调皮捣蛋的小鬼在干什么勾当,当场被人逮住,迫不得已地诉说自己的过失似的。

"我,堕入了情网?爱上了卡尔美拉?钟情于一个疯姑娘?……难道你果真这样认为吗,我的朋友,你的头脑里怎么会产生这等荒诞不经的念头呢?假使果真有这样的一天……从现在起,我授权你随时可以报告我的上校,说我的神经已经错乱,应当把我关进疯人院。堕入了情网!……你简直让我觉得滑稽可笑。

"是的,我对这个可怜的姑娘满怀同情,这是一腔深沉的同情心。我不晓得,为了能够亲眼见到她恢复失去的理智,我将作出多大的努力;为着拯救她,我甘愿作出一切牺牲。有朝一日,她一旦恢复了健康,我将像家里身患重病的亲人霍然痊愈一般体味到莫大的喜悦……这是真实的。可是,从同情到相爱,那有多大的距离啊!

"我喜欢卡尔美拉,这也是真实的。我想,你也同样喜欢她,因为同情总是跟感情携手并进的。……何况,我喜欢她还由于听说,她从来是一位天真未泯、柔顺多情的姑娘。她把纯洁的爱情奉献给了她最初的那个恋人,真挚地爱着他，希望成为他的妻子，而且，在没有正式结合的时候，从来不希冀分享他的荣誉。……这是美德，我亲爱的，正是我们谈论的这个少女的美德。

"我对卡尔美拉很敬佩，你是可以理解的。那可怜的姑娘蒙受不幸，这在我的心灵激起的共鸣，远远胜过我可能遇见一个生活幸运的姑娘时所产生的共鸣。对待她，怎么能不献上一颗满怀同情的心，怎能不产生由衷喜爱的情感呢？她的疯狂的品格，难道不正是她美丽的灵魂的裸露吗？

"除了温柔亲切、谦逊朴实的话语，我从来不曾听到她讲过另一类的字眼。她用双手搂住我的肩膀，以脉脉温情抚摸我，亲吻我的双手，这些自然全是疯狂的举动，可是，它们却丝毫不曾失去端庄体面的分寸。你可曾见到过她做出哪怕一个浅薄轻贱的动作？正因为如此，我再重复一遍，我才对她怀有真挚赤诚的情感，这个惹人怜爱的姑娘，被世人所抛弃……沦落到像狗一般苟且生活……我不妨坦白地对你说，我打心眼里喜欢她。

"至于说她的美丽……她的的确确是美丽的……像天使一般美丽,这是不容否定的。你不妨细细地端详她的眼睛,她的嘴唇……她的双手;你从来不曾瞧见她的双手,她的头发?她整天披头散发,仿佛一个原始部落的野姑娘似的,但那是怎样秀美的头发啊!……还有,她在衣着打扮方面也失去了人的风貌……可是,她那先天禀赋的美丽,越发使我深深怜爱她。

"每当我打量她,我总是免不了暗自思忖:多可惜啊,人们竟然不能爱这太阳一般的眼睛!你自然知道,假使卡尔美拉像其他所有的姑娘一样神志清醒,那么,她站在那里,她娇美的面容足以使任何一个男子不能自持而拜倒在她的裙下。即令是现在,也时常有这样的情况,假使有人不晓得她是疯子,便很可能做出不明智的事情来。

"还是拿我来说吧。当她痴痴地瞧我的眼睛,对我莞尔而笑,呼唤我'亲爱的'的时候;或者,在夜晚的黝黯中,我无法看清楚她的脸孔,只听见她说话的声音,她告诉我说,她一直在等我,说我是她的天使……那我该怎么办呢?在这样的时刻,我竟然会觉得她并没有失去理智。我凝视着她,倾听她的谈话,仿佛她是一个神志正常的人,她真的能听到自己对我讲的絮絮私语。

"当我受到幻觉侵扰的时候,我的心头扑扑地跳个不停。……是的,我向你承认,我心头的悸动是如此剧烈,仿佛我果真爱上了她似的。我开始呼喊她的名字,其实我也不晓得为什么……或许是出于某种希望……某种固执的妄想,但愿她能够回答我的话,刹那间霍然而愈,活泼泼地出现在我的眼前。

"'卡尔美拉!'我呼唤她。

"'唔,什么?'她说道。

"'你不是疯子,对吗?'我问她。

"'我是疯子?'她带着某种惊奇的神色打量我,反问道。这种表情越发使我认定,她的的确确不是一个疯姑娘。

"'卡尔美拉!'希望突然使我昂扬激动,于是,我提高嗓门大声地喊她,'你再对我说一遍,你不是疯子……'

"约莫有片刻的工夫,她只是惊愕莫名地审视着我,尔后,突然放声狂笑起来。啊,我的朋友,请相信我,在那一瞬间,我真恨不得一头撞到墙上去!

"你晓得,为了能够亲眼看见她恢复理智,我曾经做出了多少努力。可是,你并不知道事情的全部。

"几乎每个晚上,我都要把她带到我的公寓里,我跟她亲切交谈,一个又一个钟点。我给她弹奏吉他,唱她的恋人过去对她唱的抒情曲。我还曾尝试告诉她,我已经爱上了她。我温存地抚摸她,希望以此充实她的心灵。我佯装哭泣,佯装满怀绝望的伤感。我听任她做想做的一切事,任她亲吻我,拥抱我,像对待小孩一样亲切地抚慰我……我对她也同样如此。

"请你想一想,我是怀着怎样的一颗心在做这一切的啊。我说不清楚,我感觉到的究竟是战栗,还是惶恐;是羞耻,还是懊悔;或许,是所有这一切错综交织的感情对我的总侵袭。我不妨告诉你,当我亲吻她的时候,我感到浑身一阵阵的颤抖,脸色惨白,仿佛是在跟一具活尸接吻似的。

"有的时候，我自信是在做出高贵的自我牺牲，因而体味到一种近乎自豪的情感；而在另一些时候，我又恍惚觉得是在干着罪孽的勾当，由此对我自身也害怕起来……

"我忍受了可以忍受的一切痛苦，亲爱的朋友，可是，一切全然是徒劳无益的。奇怪的是，那绝望的情绪越是压迫我的心灵，我心灵充盈的这该诅咒的热情，却越是狂暴激奋。

"……夜间，我简直无法入睡，因为我晓得，此时她正瑟瑟蜷缩在我的公寓门前，这一思念像是擂鼓，一阵阵地捶击我的脑门，我不时地恍惚听见她在敲我房间玻璃窗的声音，隐约看见窗台上方闪现出她慌乱失神的脸孔，那双呆滞的眼睛直勾勾地凝视着我！有的时候，我又产生幻觉，似乎她噔噔地奔上楼梯，迅速地一跳，坐到了我床上；或者，我的耳边仿佛响起她在下边的广场上发出一串串狂笑的声音。这狂笑声犹如一瓢冰水浇进了我的心田，我竟至没有勇气走到窗户前去看一看。

"于是,我强迫自己全神贯注于读书、写字,然而我的脑海里始终萦绕着她的形象,她永远是那么怨艾凄恻、惶惶不安,甚至栗栗恐惧的神情,我也说不清楚她出于对什么的恐惧。

"我终于在心底里产生了疑问,这等郁郁寡欢的生活,究竟要到什么时候才能了结?它又将怎样了结?我没有勇气回答自己提出的问题,我害怕自己的回答……

"我好像一个伤心绝望的人,常常用两只手狠命地揪自己的头发……啊,朋友!请你告诉我,莫非我也要变成疯子吗?因为我觉得,我已经头晕目眩,这样的生活实在无法再忍受了……我受不了,支撑不住了。"

军官说罢,猛地攥住了大夫的手。大夫把自己坐的椅子挪到军官跟前,异乎寻常的激动使他半晌说不出一句话来。大夫把手搭在军官的肩膀上,亲切地谛视了他片刻,紧紧地跟他拥抱在一起。

军官仰起脸,凝望着他的契友,眼睛里闪耀出了微笑的光彩。

"那怎么办呢？"大夫问道。

"假使她恢复了健康？"军官惊呼起来，脸上的愁云惨雾突然完全消失了，"假使她恢复了以前的常态，重新获得了失去的理智和当年的一颗心灵，她的一双眼睛永远不再闪现出那异样的光芒和令人生畏的呆滞的神色，她的那张小嘴从今不再发出那恐怖的狂笑；假使有朝一日，她像一个神志清醒的人对我说：'多谢你，你给了我第二次生命，我为你祝福，我喜欢你，我爱你……'并且失声痛哭！假使我能够看见她掩面涕泣，听到她懂得人情事理地跟人交谈，瞧见她总是像其他姑娘一般衣着清洁，梳妆整齐；看见她重新上教堂去祈祷，会像从前一样脸红羞臊，能够像获得第二个童年似的逐一地重新体味到丧失殆尽的各种情感！……假使我能够说，是我使她脱胎换骨，开始了新的生活，是我重新赋予她青春年华的希望，让她重新投入家庭和爱情的怀抱……啊，我的朋友！"

军官用力握住大夫的双手，湿润闪亮的眼睛紧紧盯着他的朋友。他亢奋激动地继续说：

"那时,我会觉得自己就是造物主,我也能创造出什么东西,我仿佛享有两个灵魂,拥抱着两个生命,我的生命和她的生命;我会觉得,我那造物是命运之神把她派遣到我身边来的,我要把她像天使一般引介给我的母亲……啊,我相信,那时候我会欣喜得真正发狂。唉,假使这一切将是真实无疑的!假使这一切都是真实无疑的!"

他双手掩面,失声呜咽起来。

"啊哟,我的爱啊!"正在这时,从下边的广场上传来了一声呼喊。

军官蓦地站起身来,恳切地对大夫说:

"你让我下去吧!"

大夫紧紧握住他的双手,劝慰他:"振作起精神!"说罢,独自走了。

军官呆呆地站在屋子中间伫立了好几分钟,然后走近窗子,打开它,又后退一步,默默地眺望他眼前展现的极其美妙的景色。

微微的清风停歇了,夜色是那样的明净、清朗,沁人肺腑。远处是小镇地势最低的地区；一轮明月当空，把皎洁的银光，洒满鳞次栉比的屋顶、寂寥的街巷、港口、海滩，简直能像白昼似的映照出夜行人的身影。大海平静宁谧，像丝绸一样柔和。西西里岛上很远很远的青山，犹如浮雕似的，显得如此清晰，仿佛就矗立在眼前似的。那么深沉、寂静的夜啊。

"我也可以享受这甜蜜的宁静！"军官的目光投向茫茫无垠的大海，独自寻思。他把身子探出窗外，朝下边张望，一颗心怦怦地跳动不息。

公寓的大门前面，正坐着卡尔美拉。

"卡尔美拉！"军官喊道。

"亲爱的！"

"你在那里干吗？"

"干吗……我在等你。你晓得的，我等你叫我上楼呢。今天晚上你不让我来了吗？"

"我下来给你开门。"

卡尔美拉高兴得直拍巴掌，像鸟儿一样欢欣跳跃。

公寓的门打开了,军官手里拿着一支点亮的蜡烛,走了出来。卡尔美拉进得门里,从军官手里抢过蜡烛,走到他的前面,急匆匆地登上楼梯,嘴里喃喃地说:

"来吧,来吧,我可怜的……"随后,她转过身子,来拉军官的手,"把手伸给你的姑娘,漂亮的青年人。"说完,牵着他的手,领他走进房间。

军官让她坐在自己的跟前,以圣人般的耐心,开始对她重复以往的日子里曾经无数次表白过的言辞,做过的所有试验,又设想出一些新的办法,满怀炽热的激情,聚精会神地一遍又一遍地试验,做出求爱、怨恨、愤怒、悲伤、失望的种种表情。然则,这一切全是一厢情愿,白费力气。

卡尔美拉细细地打量着他,用心地听他的谈话,当他说完的时候,就放声大笑起来,问道:

"你这是干什么呀?"或者对他说:"可怜的宝贝,你真叫我心疼死了!"她饱含凄恻的感情,抓住军官的手,热烈地吻着。

"卡尔美拉！"军官终于又呼喊了一声，希望再作最后一次的尝试。

"你想什么呢？"

军官给她做了一个手势，希望她静静地听他说话，卡尔美拉姗姗地走到他的跟前，温柔多情地凝望着他的眼睛，然后猛地扑进他的怀抱里，双手勾住他的颈脖，把嘴唇紧紧地贴着，呼吸急促地说：

"亲爱的！亲爱的！亲爱的！……"

可怜的军官现在失去了自制力，他一只手搂住卡尔美拉的腰肢，托住她的身子，慢慢地弯下身来，把她抱到桌子旁边的沙发上。原来几乎没有察觉军官举动的卡尔美拉，蓦地一跃而起，神情顿时显得异常严肃，她仿佛思量着什么事情，随后，略略带着厌恶的口气说：

"你想干什么？"

军官隐约见到一丝希望的曙光，默默无言地站定在那里，注视着她，急切地等待着。

约莫有一分钟的光景，卡尔美拉陷入了深思。过后以从来不曾见到过的神态浅浅一笑：

"……我们两个，算结婚了吗？"

军官惊奇得失声叫喊，但随即用手捂住了嘴唇，面容苍白，两颊掠过一阵痉挛，呆呆地瞧着窗外的天空，忖度半晌，考虑怎样回答她。

卡尔美拉把目光投向墙壁，瞧见钉子上挂着一顶圆锥形的军帽，她发出一串狂笑的声音，摘下帽子，戴到自己的头上，一边叫喊、冷笑，一边在房间里手舞足蹈。

"卡尔美拉！"军官痛苦地喊道。

她越发疯癫起来。

"卡尔美拉！"军官又叫了一声，向她扑去。卡尔美拉张皇失措，一阵风似的急急冲下楼梯；过了片刻，她已在广场中央，毫无忌惮地跳呀舞呀，哈哈大笑。

军官把身子探出窗外。"卡尔美拉！"他用嘶哑的声音又叫了一声，过后双手紧紧捂住面孔，颓然跌坐在椅子上。

八

第二天早晨,军官起床以后,立即来到大夫的家里,大夫一看到他布满血丝的眼睛和怅惘失神的脸色,便明白他是来寻求安慰和帮助的。他让军官坐在他的跟前,开始滔滔不绝地讲起道理来。可是,军官毫不理会他的谈话,似乎沉浸在另外的思绪之中。突然,他的神情平静了下来,用手掌背连连敲打自己的前额。

"嗨!"他叹息说,"起先我怎么不曾想到这一点呢!"

"想到什么?"大夫忙问。

军官并不答话。他拿出纸和笔,开始挥笔疾书。写完以后,他从头念了一遍:

中尉先生：

按照我们军人的习惯，我直率地给您写这封信。

三年前的七月至九月，您曾经指挥过××小分队；现在，我接任该分队长官，已将近两个月了。我在此认识了一个二十岁左右的姑娘，名叫卡尔美拉。两年来，她一直精神失常；据说，她是出于对您的爱而致疯的。她在您离开这个小岛以后的境况，想必您是知道的；您自然也同样知道她的疯病的症状，因为人们告诉我，这里有人曾经写信跟您谈及此事。

当我头一次遇见这个姑娘的时候，她的极端悲惨的身世，唤起了我的巨大同情心。我竭尽我所能做的一切努力，试图帮助她恢复失去的理智。我开始像您一样穿着打扮，学会像您一样弹吉他和唱抒情曲，我模仿从认识您的朋友那里了解到的您的各种习惯，我向她倾诉爱情，诱发她对您的记忆，我甚至冒名顶替您。可是，这一切全都徒劳无益。眼看我的全部希望一个个地破灭，我痛苦到了极点——或许，您是很难理解这一点的。

眼下，还有另外一个办法需要试验一下，但它掌握在您的手里。不要拒绝我的设想，朋友。我请求您满足我的要求，促成一件高尚的行动。

现在且听我细说。有人讲，医治精神失常的病人最有效的方法之一，是以最大限度的精确性，并借助真实的细节，重演他们行将失去理智时发生的严重事件，而不管它是不是致疯的直接原因。我想，把您离别小岛的情景在卡尔美拉面前如实地再现出来，或许能产生某种效果。

我向许多人做了调查。他们只记得，您是在夜里离开的；启程之前，您跟卡尔美拉、镇长、宪兵队长和其他人在您的家里共进晚餐；至于那次晚宴和您离别的细节，他们都不记得了，或者记忆十分模糊。我怀着一颗祈求仁爱的赤诚之心，请您把这些细节告诉我。这对于您而言，只需付出极微小的代价，甚至无须偿付代价，但它却能赋予一个亟待拯救的人以生命和幸福。

请您写信给我，谈谈您所记得的一切，告诉我出席晚宴的人员，他们的言谈、举止行动，尤其请您费心告诉我那些比较重要的事情发生的准确时间,叙述的时候务求明白无误,条理清楚。

替我做这样一件大功大德的事吧,我再次恳求您,我将终生铭记您的恩情。我不想再说别的什么了。我寄希望于您的高贵的心灵。

作为您的战友,紧紧地握您的手。

再见。

"你觉得怎么样?"军官问道。

大夫聚精会神地听他念完了信,沉吟了半晌,说:

"知道他的姓名、部队番号和驻地吗?"

"镇长全知道。"

"你以为,他会给你回信吗?"

"我相信会的。"

军官果然收到了回信。信足足有八页,叙述出席晚餐和到码头送行的人员,他们的谈话,以及与之有关的时间和细节。但是,信中没有任何评论,没有对旧日的爱情的任何暗示；除了晚宴和他的离别，没有一字一句提及旁的事情；信的全部内容丝毫不超越提出的问题的范围，更没有片言只语表示对卡尔美拉的同情。然而，透过冷漠无情的书信仍然可以看出，写信人的良心受到了不小的冲击，如若不然，他多少会假惺惺地表示他的内疚和懊丧，或许至少会这样结束他的信："但愿……"可是，事情完全不是这样。"一小时以后，夜半时分，汽轮离开了港口。敬礼。"后面是他的署名。

九

"我明白了!"军官刚念完收到的信,大夫顿时惊呼起来,"我现在总算明白了,为什么这么多参加晚宴的人当中,竟然没有一个人能够跟我们谈谈细节。我敢打赌,准是都喝得酩酊大醉了。"

从这一天起,军官和大夫全力以赴,为筹划一个重大的试验而奔波忙碌。他们一起拜访了镇长、法官、税务局长、宪兵队长和有关的人员;如今,他们跟当地的各界人士已经建立了颇为亲密的私交。他们中的一个以科学为依据,另一个诉诸心灵的力量,密切合作,充满激情地跟这些人交谈,进行解释、论证,让所有的人都明白事情的原委,请他们慷慨地助一臂之力,又给每一个人指派了应当扮演的角色。

"多谢上帝!"离开最后一个被访者税务局长的宅邸,军官禁不住感叹道,"事情已进行了多半。"

他们又把卡尔美拉的母亲请来。让她参与筹划中的事情毫不困难,要比说服镇长和其他官员少费许多口舌。毫无疑问,这些善良的人们是正直而完全可以信赖的,诚然,他们对于这些事情的理解力多少欠缺一些。

卡尔美拉已经有好几天身体不太舒服,几乎一直待在家里。

军官和大夫登门去看她。她坐在茅屋外面的泥地上,身子倚着墙壁。刚一瞧见他们,卡尔美拉赶忙站起身来,比平常稍稍从容地朝军官迎去,像往常一样,要拥抱他,用微弱的声音喃喃地重复以前每次见面都要说的话。

"卡尔美拉,"军官对她说,"我们想告诉你一个消息。"

"一个消息,一个消息,一个消息!"卡尔美拉声音柔和地重复着,用手背在军官的脸颊上亲昵地摩挲了三次。

"明天我就要走了。"

"明天我就要走了?"

"是我,我要走了。离开这里。离开这个小岛。跟我的士兵们一起走。我想乘轮船走,轮船将把我带到很远很远的地方去。"

他高高地扬起手,仿佛为了表示那漫长的距离。

"很远,很远……"卡尔美拉轻声细语地说,目光随着军官手指的遥远的地方望去。她仿佛暗自思忖,半晌沉吟不语,接着,神情异常淡漠地说:"轮船……冒烟儿……"

她又一次试图拥抱军官,像平素那样喊他。

"不!"军官想了一下,摇头说。

"需要对她重复许多遍。"大夫轻声地提醒军官,"再等别的机会吧。"

军官用故意显得严厉的声音吩咐卡尔美拉不要尾随他们,然后跟大夫走了。

告别宴会预定第二天晚上举行。军官登门访问的当天晚上，卡尔美拉依然按照她的习惯，来到军官的公寓前，蜷缩在大门口。军官刚回到寓所，就带她上了楼。

勤务兵根据军官的指示，早已把房间里的东西翻弄了个底朝天，仿佛军官果真马上要离开小岛似的。桌子、椅子、沙发上堆满了衣服、被褥、杂物、书籍和胡乱扔掉的纸片，房间正中摆着三个敞开口的大皮箱，勤务兵正把收拾好的东西放进去。

卡尔美拉一眼瞥见这乱糟糟的景象，略略显露出了惊讶的神色，微笑地端详着军官。

"我正收拾行李，准备走了。"军官对她说。

卡尔美拉突然蹙紧眉梢，又用目光把房间扫了一遍。这是她从来不曾做过的动作。军官观察她的表情，目不斜视。

"我就要走了。离开这个小岛。到很远很远的地方去。我想乘轮船……"

"你乘轮船走吗？"

"是的……明天晚上启程。"

"明天晚上。"卡尔美拉机械地重复说,她的目光看见了放在椅子上的吉他,便用手指尖轻轻拨弄了一下琴弦,吉他发出了铮铮的乐声。

"我要走了,你不高兴,是吗?从此你再也见不到我了,难受吗?"

卡尔美拉呆噔噔地凝视着军官的眼睛,接着低头,垂下眼帘,仿佛正在想心事似的。军官不再跟她说什么,只是悄声地跟勤务兵谈话,帮助他整理衣物。

姑娘默默地打量着他们,不说一句话。过了片刻工夫,军官走到她的跟前,对她说:

"现在,你该回家了,卡尔美拉。你在这里待了不少时间了,该回家了,走吧。"

军官搀着她的胳膊,温存地把她带到房门口。卡尔美拉转过身来,伸出双臂,想要搂住军官的脖子……

"我不喜欢!"军官说。

卡尔美拉发急了,用脚在地板上连连跺了几下,忍不住簌簌泪下,啜泣起来。她重新伸出双臂,搂住了军官的颈脖,用嘴唇轻轻舔他的脸颊,却不吻他,好像脑子里在想着别的什么似的。随后,她屏住涕泣,缄默不语,面容茫然失神,慢步地走了。她既没有露出往日的微笑,也不回转过身子来,仿佛一个心神迷乱的人,脑子里有万千缭乱的思绪,同时却又是白茫茫的一片空白。

"这是怎么回事?"军官暗暗思忖,"或许是一个吉利的征兆?……上帝保佑,但愿如此!"

第二天,军官一整天闭门不出,也不想见卡尔美拉,虽然明明晓得,她像往常一样,正坐在大门口。午饭以后,他忙于张罗晚上的试验。他住的套房有一间卧室、一间客厅和一个厨房;客厅在卧室跟厨房的门之间,是最大的一间屋子,它和卧室的窗户都朝着广场。他吩咐在客厅里举行告别晚宴。住在附近的房主人借给他一张大餐桌,又亲自下厨房替他烹调了几道必不可少的佳肴,想方设法准备了一桌丰盛的晚宴,并且亲自把菜一道道端到餐桌上,像三年以前替另外一位军官帮忙的那样。

将近晚上九点钟,大夫第一个来了。

"卡尔美拉对我抱怨,说今天一整天都没有瞧见你呢。我问她身体可好一点儿,她紧紧盯住我的眼睛,却回答说:'轮船……'没有一丝儿笑容。哎,谁能够猜得出她那脑子里闪过了什么念头?只有上帝晓得。噢,让我们来品尝一下这丰盛的晚宴吧。"

他们打量了一番餐桌,开始商量怎样以最完美的方式来演出这场喜剧,或者说得更贴切些:这场严肃的戏剧。商量完毕之后,大夫问道:

"每个客人都能够熟练地演出自己的角色吧?"

"但愿如此。"军官回答。

将近十点钟的时候,只听得楼下公寓大门外纷至沓来的脚步声和嘈杂的人语声。

"客人们来了!"大夫探身向窗外观察,"正是他们。"

勤务兵下楼去开门。大夫点燃了立在餐桌四个角上的四支蜡烛。

"我的心都快跳出来了。"军官说道。

"不用害怕,鼓起勇气来!"朋友紧紧攥住他的一只臂膀，激励他。

忽然传来卡尔美拉兴奋的声音：

"我也要乘轮船走了。"接着，她就拍起巴掌来。

"鼓起勇气！"大夫又在军官的耳边匆匆地重复了一遍，"你听见了吗？那个念头已经开始在她的脑子里牢牢树立了，这是很好的征兆。振作起来！你瞧，客人们都到了。"

门开了，镇长、法官和其他经常在咖啡馆聚会的朋友，一个个笑容可掬地行了礼，进入了客厅。军官周旋在他们之间，向他们问候，不时跟这一位或那一位客人寒暄。大夫乘机对站在房间角落里听命的勤务兵附耳低语了一阵，勤务兵随即走开了。

一分钟以后，谁也不曾注意到，勤务兵带着卡尔美拉进入客厅，两个人贴着墙壁，蹑手蹑脚地走进了另一间屋子。

"请诸位就座。"军官招呼大家。

客人们纷纷入席。移动桌椅的叽叽嘎嘎的声响，食客们入席时失声喊出的那悠长而洋溢欣喜之情的"啊"声,淹没了隔壁房间里勤务兵阻止卡尔美拉讲话的轻微的叱责声。

"我已经整整一天没有瞧见他了!"卡尔美拉喊道。

她想打开房门,扑到军官跟前去。勤务兵一把攥住她,拿过一把椅子,摆在挨近房门的地方,让她坐下。他把门略略打开一条小缝,卡尔美拉把脸孔紧紧贴在门缝上,屏声静息,注视着客厅。没有一个客人朝这边转过身来,也始终没有一个人朝这边投以一瞥。卡尔美拉坐在那里,纹丝不动。

客厅里响起了刀叉杯盘叮当相碰的声音和乱哄哄的欢声笑语,客人们兴致勃勃,嗓门一个赛过一个,掀起一股喧嚣嘈杂的声浪。除了大夫和军官,所有的人都胃口大开,狼吞虎咽,开怀畅饮。他们用种种溢美之词夸奖这支小分队的士兵、下士和中士的纪律、品德、勇敢和热忱,对美味可口的酒菜赞不绝口,接着,他们又谈论起天气、旅行——这是一个令人陶醉的美丽的夜晚,中尉的旅行自然是十分愉快的；议论了一会儿政治，话题又转回到士兵、旅行，等等。喧声笑语愈发热烈、嘈杂，酒杯的碰击愈发清脆、急促。

终于，所有人的脸孔都泛出了绯红的异彩，一双双眼睛像火星似的闪闪发光，嘴唇开始吃力地翕动着，吐出的话语断断续续，前言不搭后语。几乎谁也不曾意识到，每个人都不知不觉地进入了自己的角色，出色地扮演着。

可是，其他的人愈是忘记了前来参加晚宴的目的，沉浸在欣喜欢乐之中，而军官便愈发感觉到自己的心灵在剧烈颤抖。他的心底里犹如风雨交加的激情，在脸上毫不掩饰地表露了出来。不过谁也不曾留神注意他，唯有大夫不时地对他低声耳语，激发他振作精神，同时密切注视卡尔美拉的动静。

卡尔美拉依然一动也不动，脸孔贴在门缝上，凝眸注视着客厅。勤务兵瞅准一个空儿，悄悄地离开了房间。

过了片刻工夫，三个士兵走进客厅，拿起早已放在墙角的三只箱子，每人肩上扛了一只，走出了客厅。

卡尔美拉睁大一双眼睛,紧紧盯着士兵们的每一个动作,直到他们的踪影从客厅消失;然后,又继续把目光投向餐桌。

大夫对镇长附耳嘀咕了一句。

"干一杯!"镇长悠悠晃晃地站立起来,手里擎着一只酒杯,大声提议,"我建议为指挥这支优秀小分队的英勇无双的中尉先生,干一杯!这支队伍虽然就要离开小镇了,但他们永远留在我们心里,因为我们对英勇无双的中尉先生指挥的这支优秀小分队怀着永远的、最美好的纪念……"他思索了一会儿,然后果断地喊道:

"远行的中尉先生——万岁!"

客人们纷纷举杯欢呼,酒杯碰击发出一片叮叮当当的声音,从酒杯里洒出来的酒在餐桌上四处流淌——"万岁!"

镇长粗大肥胖的身躯,重新沉沉地跌落在椅子上。

其他的人也用类似的言辞提议干了几杯,又继续高谈阔论起士兵、政治、美酒和旅行。

"税务局长先生,请您唱一支歌吧!"大夫建议。

其他的人随声附和。税务局长做个鬼脸,谦让了一番,经不住大家的执意要求,于是微微一笑,干咳了几声清清嗓子,取过吉他,唱了两三支曲子。客人们又鼓噪起来,打断了他的歌声。

"该我唱了!"军官终于高声说。

刹那间,客厅里寂静无声。军官取过吉他,调了调琴弦,站起身来,装出悠悠晃晃的样子,放声唱了起来……他感到一阵阵炙热烘烤他的身子,脸色惨白,双手索索颤抖;可是,他唱的那支心爱的抒情曲,声音依然是那么柔和甜美,叫人心醉神迷。

卡尔美拉,我默默无言
坐在你的身旁,
注视你秋水盈盈的双眼,
亲吻你美丽的脸庞,
啊,岁月流水般消逝。

卡尔美拉屏息凝神地倾听,不时地蹙紧双眉,表露出一种沉浸在遐想之中的人独有的神情。

"好极了!好极了!简直是天使的歌声!"客人们异口同声地喝彩。

军官继续唱道:

告别的时刻来临了,

我把苍白的脸孔

藏进你的怀抱,

像一个安然入睡的儿童,

静静地告别我的一生。

依然是那熟悉的歌词,那熟悉的音乐,周围的一切都跟那个夜晚毫无二致。

"妙极了!妙极了!"又是一阵喝彩。

军官精疲力竭,全身瘫软,在椅子上坐下。客人们又开始鼓噪起来。卡尔美拉犹如一尊雕像,纹丝不动,端坐在那里，把一双眼睛睁得大大的，目光吃力而又牢牢地停在军官的脸上。大夫时时留心斜睨着她的表情。

"安静！"中尉喊道。

客人们的欢声笑语戛然而止。窗子打开了，下边广场上传来了提琴、风笛协奏的欢乐的音乐和围观人群的喧嚣声。这是小镇的十来名乐师在演奏，吸引来了岛上的大部分居民，他们当真以为小分队要离开了。

卡尔美拉全身猛地抽搐了一下，朝窗子转过身去，她的脸上浮现出一丝兴奋的神情，那双明眸大眼扑闪扑闪地转动，目光依次地扫视着窗子、军官和客人们，然后又投向窗子，仿佛是要细细地谛听那音乐，同时又不想放过客厅里的人们的每一个动作。

音乐声停止了。广场上围聚的人群热烈地鼓掌，就像三年前的情景一样。

这时，勤务兵急匆匆地跑进客厅，大声报告：

"中尉先生，轮船就要启航了。"

军官站起身来，说道：

"该走了。"

卡尔美拉悠悠地跟着站立起来,眼睛直勾勾地瞅着军官,随手慢慢地挪开椅子。

客人们也都纷纷起立,把军官团团围住。突然间,卡尔美拉的妈妈出现了,她悄悄地走进里屋,伸开双臂,把卡尔美拉抱在怀里,温存热情地说:

"别难过,过两个月他就回来了。"

卡尔美拉端详着妈妈的脸孔,两只胳膊徐徐从她的拥抱中解脱出来,默默地不吱一声,慢慢地转过脸,灼灼闪烁的目光对准了军官。

客人们争相同军官握手,客厅里升腾起感谢、祝福和道别的喧嚣声。军官把佩剑束在腰间,戴上军帽,把旅行包挎在肩上……

卡尔美拉打开了房门,向前跨了一步,熠亮的大眼睛滴溜溜地转动,忽而打量军官,忽而望着客人,忽而打量勤务兵,忽而望着站在她身边的妈妈,两只手使劲地搓揉着前额,把头发搅得乱蓬蓬的,鼻子异常急促地喘息,一阵阵激动的颤抖震动全身。

广场上又回响起了音乐,传来了另一阵热烈的掌声……

"走吧!"军官果断地说,迈步朝门口走去……

刹那间,一声极其尖厉、悲切而撕人肺腑的惨叫,忽地从卡尔美拉的胸腔里迸发出来。她风一般冲到军官跟前,用一种超乎常人的力量狠命搂抱住他的腰,开始狂热地吻他的脸颊、脖子、前胸和她能吻到的地方。她的热泪簌簌地滚落下来,剧烈地抽咽,失声悲号;她的手痉挛地抚摸他的肩膀、手臂、脑袋,仿佛母亲搂抱着儿子,这儿子好像曾被洪水的浪涛淹没,眼睁睁见他在水中挣扎,呼喊救命,而今终于得救、重新回到了她身边。不多一会儿,可怜的姑娘便失去了知觉,跌倒在地板上,脑袋枕在军官的两只脚上。

卡尔美拉得救了。

军官感到一阵激动的战栗,跟早已张开双臂等候的大夫紧紧拥抱。卡尔美拉的妈妈弯腰俯身,热烈的吻雨点般落在女儿的脸上，成串的泪珠濡湿了女儿的脸颊。在场的人都抬头扬臂，向上帝表示感谢。

乐队继续奏着音乐。

四个月以后，九月的一个美丽夜晚。

月亮的银辉把地面的景物照耀得像白昼一样明净。一艘傍晚从突尼斯开出的轮船，在小岛的港口照例停泊以后，正朝西西里海岸急速驶去。大海是这样地静穆宁谧，轮船仿佛也已停止了航行似的。旅客们都涌到甲板上，静静地欣赏清朗、皎洁的夜空和月光下潋滟闪烁的海水。

离开人群的僻静之处，一对青年男女站在甲板的栏杆前面，手挽着手，肩靠着肩，依偎在一起，朝轮船驶离的方向眺望。那遥远的地方，他们告别了的小岛，影影绰绰，已沉入朦胧的夜色。许久许久，他们就这样亲昵地、默默地伫立在那里，直到女子仰起脸孔，轻声细语地说：

"一旦离别我的家乡，我觉得我的心在一阵阵颤抖。要知道，正是在那里，我经受了这么多的痛苦；在那里，我第一次见到了你，你重新给了我生命！……"

她把前额倚靠在她的同伴的肩膀上。

"会有这么一天,我们将回到那里去!"青年回答说,轻轻地把她的头转过来,仔细地谛视她的眼睛。

"回到你的公寓?"

"是的。"

"晚上,我们站在你曾经不止一次地叫唤我的窗子跟前,美美地谈心?"

"是的。"

"重新弹奏你的吉他,再唱起那支抒情曲,是吗?"

"是的,正是这样。"

"那你现在唱给我听吧!"卡尔美拉激动地请求,"轻轻地唱一支。"

军官把嘴凑近她的耳朵,轻轻地唱道:

卡尔美拉,我默默无言
坐在你的身旁,
……

卡尔美拉突然用双手紧紧抱住她未婚夫的脖子，止不住嘤嘤而泣。

"可怜而纯洁的姑娘……"军官把她搂在怀里，"在这里，在我的心里，永远在我的心里！"

卡尔美拉止住哭泣，朝四周瞧了瞧，瞧瞧大海，瞧瞧遥远的小岛，又瞧了瞧她的未婚夫，感叹道：

"啊，这简直是一场梦！"

军官打断她的话：

"不，我的天使，这是梦的苏醒！"

轮船仿佛受到海风的推动，朝前方急速行驶。

爱情短经典：卡尔美拉

唯有深情不惧时光，让爱情经典随手可读

图书在版编目（CIP）数据

卡尔美拉 /（意）埃迪蒙托·德·亚米契斯著；吕同六译. -- 昆明：云南美术出版社，2020.9
（爱情短经典；1）
ISBN 978-7-5489-3747-0

Ⅰ. ①卡… Ⅱ. ①埃… ②吕… Ⅲ. ①短篇小说-小说集-意大利-近代 Ⅳ. ①I546.44

中国版本图书馆CIP数据核字(2020)第142887号

责任编辑：梁　媛　刘铁波
责任校对：赵　婧　温德辉　邓　超
产品经理：曹俊然　冯　晨

爱情短经典

卡尔美拉

（意）埃迪蒙托·德·亚米契斯　著　吕同六　译

出版发行：云南出版集团
　　　　　云南美术出版社（昆明市环城西路609号）
制版印刷：北京盛通印刷股份有限公司
开　　本：787mm×1092mm　1/32
字　　数：110千字
印　　张：2.5
印　　数：1-6,000
版　　次：2020年9月第1版
印　　次：2020年9月第1次印刷
书　　号：ISBN 978-7-5489-3747-0
定　　价：138.00元（全7册）

如发现印装质量问题，影响阅读，请联系 021-64386496 调换